호치의
마음을 찾아 떠나는 여행

호치 지음

호치의
마음을 찾아 떠나는 여행

Essay diary that
you can use for 6 years

강릉편
두근두근
두근두근
두근
오늘의 라면
삶이
라면

견디기 힘들고, 마음이 타는 하루라도
기쁨과 고통은 한몸이라는 것을 잊지 않도록 해요.
고통 속에서도 일상의 기쁨을 찾아보았으면 합니다.

주문진 바다를 보며

속상한 마음은 잘못을 저지른 사람의 것입니다.
만약 잘못을 했다면 용서를 구하고, 그게 아니라면 그냥 두세요.

시간이 지나면 다 좋아질 거예요.

우리 삶은 온전히 신의 뜻에 달려 있으니
우리의 생각을 억지로 중요하게 여길 필요는 없습니다.

드라마 〈도깨비〉 촬영지 해변에서

가끔, 왜 사는지 몰라 사라지고
싶을 때가 있잖아요. 온종일 아무것도
하지 않고 멍하니 있다면
제일 행복했던 순간, 셋을 떠올려보세요.
그리고 그 일을 다시 해보는 거예요.

그때 주변을 살펴보고 누군가에게 용기 내어 말을 건다면
어디선가 어떻게든 천사의 모습을 한 사람들이
우리를 돕기 위해 올 겁니다.

행복하게 사는 데 많은 사람이 필요하지는 않아요.
하나보다 둘이 낫고 둘보다 셋이 낫습니다.
우리는 그 셋을 찾기 위해 긴 여행을 하는 건지도 몰라요.

좋아하는 사람과 함께한 여행의 추억은
힘들 때 용기를 주지요. 그 기억들은
오랜 시간이 흘러도 우리 삶을 지켜줄 거예요.

여행에서 자신을 온전히 내려놓으면
어떤 일이든 할 수 있고 더 이상의 바닥은 없을 거예요.
그저 하루를 살아갈 힘에 감사하게 되지요.

"너는 어떻게 친구들과 그렇게 친하게 지낼 수 있니?"
여행에서 만난 친구가 살포시 웃으며 물었어요.
"내가 먼저 말을 걸어. 내가 잘하는 거라 그냥 하는 거야."

그 말을 듣고 생각했어요.

"나 혼자만 못하는 일이 있다면
분명 혼자만 잘하는 일도 있을 거야."

오죽헌에서 친구 만나기

No hell below us
우리 아래에는 지옥 같은 건 없고,
Above us, only sky
우리 위에는, 오직 하늘뿐이에요.

존 레넌의 〈*Imagine*〉을 들으며

"내일은 내일의 태양이 뜰 거야!"

라는 멋진 영화 대사를 떠올리며

다시 보고 싶은 사람을 만날 때
어떤 마음을 보여줄 수 있을지 생각해보아요.

삶은 낯설지만 좋은 사람들과 하는
한 편의 연극일지도 몰라요.

안목해변에서

자기 자신을 알기는 힘들어요.
그래서 말인데, 나에게 좀 더 다양한 기회를 줘보는 건 어떨까요?
삶에는 모험이 필요해요.

내가 찾는 사람도 나를 찾고 있어요.

불행한 순간은 마음의 준비 없이 갑자기 찾아와요.
행복한 순간은 긴 겨울 끝에 오는 봄처럼 찾아온답니다.

주문진 버스 정류장- BTS 앨범 재킷 촬영지

당신은 이상하지 않아요. 조금 다를 뿐이에요.
누구도 당신을 어떤 시간에도 해치지 못해요.

자기 자신을 사랑하려고 많이 노력해야 해요.
당신도 당신을 해치지 말아요.

월화거리

당신이 누군가에게 천사의 모습을 하고 있다면
당신에게도 누군가 천사의 모습으로 다가올 거예요.
그것이 우리와 내가 살아갈 수 있는 이유라고, 그래야만 하고
그래서 살아 숨 쉬고 있다고 이야기하고 싶었어요.

속초편

제가 꼬꼬였을 때, 우리 집에는 보라색 천이 있었어요.
그 천이 이른 새벽 창문에 걸리면
그날은 쌀이 없는 날이었어요.

엄마는 꼬꼬들이 깰까봐 보라색 천을 달아놓은 거지요.

우리는 깨어 있으면서도 두 손을 잡고 두 눈도 감고 있었어요.
엄마는 언제나 어디에서나 쌀이나 밀가루를 구해왔어요.
기다리는 순간
엄마가 우리의 눈을 뜨게 해줄 거라고 믿었습니다.

시간이 지나 다시 찾은 고향,
보라색 천만 남고 오빠도 엄마도 없었어요.
저는 하염없이 걸었습니다.

혼자라는 생각이 건드리는 날이 선 상처들을
감당하기 힘들 때가 있어요. 그럴 때는 일단 걸어보고
만나보면 많은 이야기를 들을 수 있습니다.

속초 한화리조트 마켓
꼬리를 도난당한 날

"너는 머리가 크니까 맞는 모자를 찾지 마.
모자에 일단 머리를 맞춰. 그게 시골에서 살아가는 첫걸음이야."

속초 감자빵 아저씨

"예수님도 고향에서 환영받지 못하셨는데 너는 닭이잖니."

"하지만 예수님은 사람, 꽃, 나무 그리고
너를 늘 기억하고 환영하신단다."

속초 청호동 실향민 마을 할아버지

"사랑이 언제 찾아오는지 알 수 없어. 사랑이 필요할 때 우연이라도 옆에 있는 사람이 사랑일 수도 있어."

속초 성당에서

많은 사람이 아름다운 이야기들을 해주었어요.
누군가 말해주었습니다.
“고마워요. 미안해요. 사랑해요.”
사람이 제때 하지 못해서 후회하는 세 가지 말이래요.
그래서 나는 후회하지 않기로 했습니다.

영랑호에서

"내가 남을 위해 용기를 내면 다른 사람들 마음속에 있는
용기도 세상 밖으로 뛰어나올 수 있어."

내가 나에게 말했어요.

갯배를 타고

찰칵!
지잉-

눈물이 흐르는 날이 끝나지 않을 것 같을 때
하늘에서 햇살이 내리는 거래요.

슬플 때는 일단 웃을 일을 찾아보아요.
그러고 나서
너무 남 생각만 하는 건 아닌지,
다른 사람 말만 하는 건 아닌지 반성해봅니다.

잘 듣고 나서 자기를 아끼는 마음을 가져보는 건 어떨까요.

우리는 우리를 사랑하는 사람들이 베풀어준 호의를
늘 당연하다고 생각하고 심지어 비웃기도 하지요.
하지만 괜찮아요. 이제부터 잘해준 사람에게
잘해주기 시작해보는 건 어떨까요?

그렇게만 하면 울지 않고 웃으며 지낼 수 있다고
등대가 말해주었습니다.

바닷마을에서 만난 친구와 모랫길을 걸었어요.
한참을 걷던 도중에 문득 뒤를 돌아보니
친구의 발자국들은 삐뚤지 않았어요. 내 발자국들은
삐뚤어졌는데 말이지요. 나는 친구에게 물었지요.

"어, 너는 어떻게 삐뚤어지지 않고 똑바로 걸을 수 있어?"

친구가 나를 보고 말했어요.

"난 그냥 멀리 있는 저 나무만 보고 걸어 옆도 뒤도 보지 않아."

될 것 같아서 하는 게 아니라, 하다보니 되는 게 아닐까요?

삶에 답은 없어요. 좋은 사람과 함께 찾아가다보면
그 길이 답을 말해줄 거예요.

무언가를 다른 사람에게 원할 때
내 말보다는 그 사람 말을 잘 들어주는 게 먼저예요.

어깨를 활짝 펴고 하늘을 한번 안아보아요.
그리고 그 사람을 안아봅니다.

불안한 미래, 남의 시선을 생각하기 시작하면
모든 일이 점점 더 어려워져요.

바보같이 좋아하고 바보같이 말하고
그냥 바보로 사랑하면 된답니다.

신과 사람들은 바보같은 이를 사랑한대요.
바보가 되어 물어보고 도움을 청하면
어려움도 극복할 수 있어요.
그러면 분명 스스로 일어설 수 있을 거예요.

춘천편

사랑은 보이지 않지만, 사랑이 없다고 하지 않잖아요.

사랑은 어디에서든, 어떤 어려움에도
참고, 믿고, 바라고, 견디게 하고
사랑하는 사람끼리 언제까지 떨어지지 않게 해요.

우리는 무언가를 사랑해야 하지요.

말 안 하고 표현이 서툴러도 다 알아요.
사랑받는지 아닌지, 늘 봄에 입 맞추지 않아도
냄새를 킁킁 맡아주지 않아도 옆 머리를 귀 뒤로
곱게 넘겨주는 날이 계속되지 않는다 하더라도
사랑받는 순간으로 평생을 사는 게 우리예요.

앞에서 불어오는 초여름 바람과 옆의 작고 따뜻한 체온이
나를 달짝지근하게 만들었어요.

어떤 모습으로든 그냥 옆에 있어주는 게 사랑이에요.

살면서 가끔 감정 때문에 목적을 잃어버리기도 해요.
그 때문에 잘못된 선택을 하는 경우도 있지요.

감정이 앞설 때 좋은 책을 읽고 운동하면서 사랑을
기다려보는 건 어떨까요?

너무 힘이 들어도
한 걸음만 더 나아가 보는 건 어떨까요?

노란 꽃이 좋은 것은 지고 나서도
꽃피웠던 순간은
영원히 잊히지 않는다는 거지요.

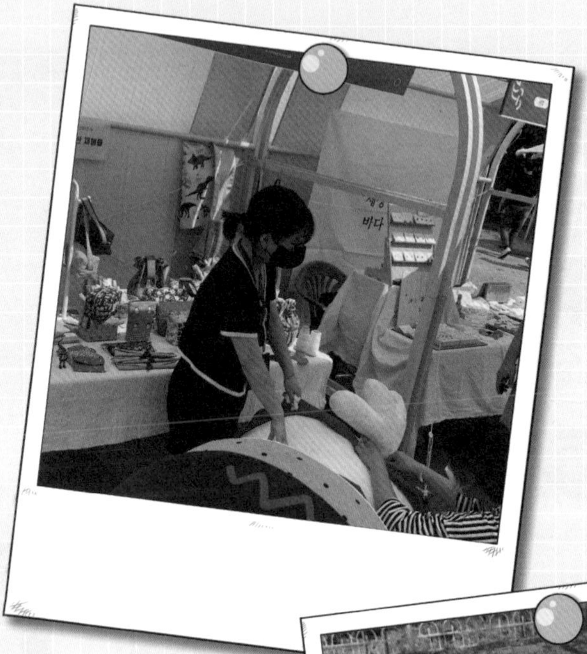

아픈 몸과 마음을 치료해준
원주 달콤한 재봉틀 선생님의 따뜻한 마음

늘 기억해주고 간직해 잊지 않고
멀리서 찾아와준 포항 박주연 작가님의 마음

2023 05 27

MENU

바라보기만 해서 등으로만 기억되는 오영석 PD님,
박병훈 포토그래퍼님의 마음

따뜻하게 안아준 가수 김혜림님과
소년 소녀 들의 마음

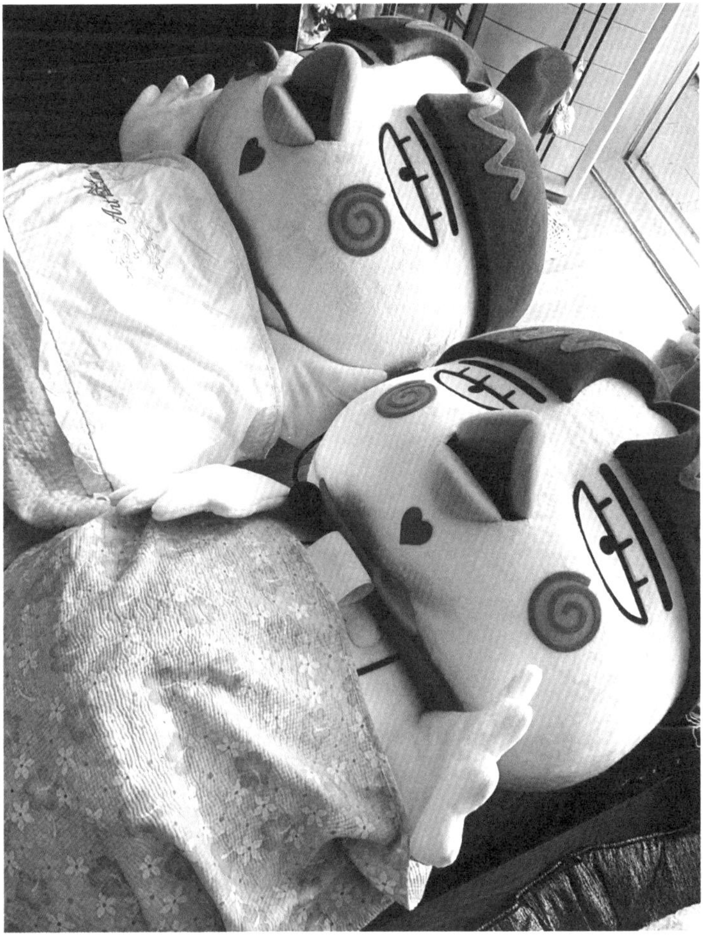

스스로 아끼고 사랑하는 나의 마음, 호치

호치 DIARY

Section 1

SUN	MON	TUE

WED	THU	FRI	SAT

SUN | MON | TUE

WED	THU	FRI	SAT

SUN	MON	TUE

WED	THU	FRI	SAT

SUN	MON	TUE

후루룩
후룩
후룩

WED	THU	FRI	SAT

SUN	MON	TUE

WED	THU	FRI	SAT

SUN	MON	TUE

WED	THU	FRI	SAT

SUN	MON	TUE

WED	THU	FRI	SAT

SUN	MON	TUE

WED	THU	FRI	SAT

SUN	MON	TUE

WED	THU	FRI	SAT

SUN	MON	TUE

WED	THU	FRI	SAT

SUN	MON	TUE

WED	THU	FRI	SAT

SUN	MON	TUE

WED	THU	FRI	SAT

호치 DIARY

Section 2

WED	THU	FRI	SAT

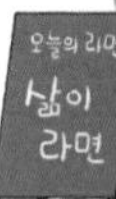
오늘의
삶이
라면

WED	THU	FRI	SAT

WED	THU	FRI	SAT

후루
후룩
후룩

WED	THU	FRI	SAT

WED	THU	FRI	SAT

WED	THU	FRI	SAT

WED	THU	FRI	SAT

WED	THU	FRI	SAT

WED	THU	FRI	SAT

WED	THU	FRI	SAT

WED	THU	FRI	SAT

WED	THU	FRI	SAT

호치 DIARY

Section 5

WED	THU	FRI	SAT

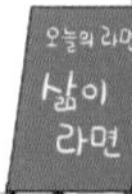
오늘의 라
삶이
라면

WED THU FRI SAT

WED	THU	FRI	SAT

후루

후룩
후룩

WED THU FRI SAT

WED THU FRI SAT

WED	THU	FRI	SAT

WED THU FRI SAT

WED	THU	FRI	SAT

WED THU FRI SAT

WED	THU	FRI	SAT

WED THU FRI SAT

WED	THU	FRI	SAT

호치 DIARY

Section 4

SUN	MON	TUE

WED	THU	FRI	SAT

SUN	MON	TUE

WED	THU	FRI	SAT

SUN	MON	TUE

WED	THU	FRI	SAT

SUN	MON	TUE

후루룩
후룩
후룩

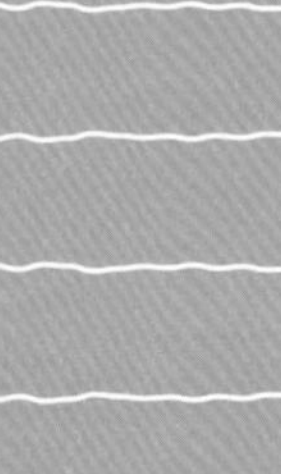

WED	THU	FRI	SAT

SUN MON TUE

WED	THU	FRI	SAT

SUN	MON	TUE

WED	THU	FRI	SAT

SUN	MON	TUE

WED	THU	FRI	SAT

SUN	MON	TUE

WED	THU	FRI	SAT

SUN	MON	TUE

WED	THU	FRI	SAT

SUN	MON	TUE

WED	THU	FRI	SAT

SUN	MON	TUE

WED	THU	FRI	SAT

SUN	MON	TUE

WED	THU	FRI	SAT

WED	THU	FRI	SAT

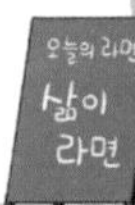
삶이
라면

WED THU FRI SAT

WED	THU	FRI	SAT

후루
후룩
후룩

WED THU FRI SAT

WED THU FRI SAT

WED THU FRI SAT

WED THU FRI SAT

WED THU FRI SAT

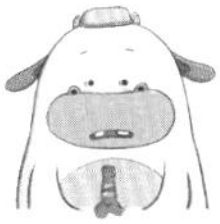

WED THU FRI SAT

WED THU FRI SAT

WED THU FRI SAT

WED THU FRI SAT

호치 DIARY

Section 6

WED	THU	FRI	SAT

오늘의
삶이
라면

WED	THU	FRI	SAT

WED	THU	FRI	SAT

후루룩
후룩
후룩

WED	THU	FRI	SAT

WED	THU	FRI	SAT

WED	THU	FRI	SAT

WED	THU	FRI	SAT

WED	THU	FRI	SAT

WED	THU	FRI	SAT

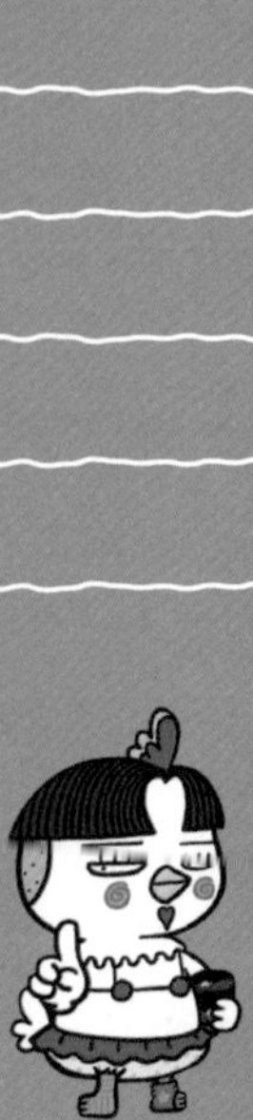

WED	THU	FRI	SAT

WED	THU	FRI	SAT

WED	THU	FRI	SAT

호치의
마음을 찾아 떠나는 여행

Essay diary that you can use for 6 years

초판 2023년 9월 20일 1쇄 발행

지은이 호치 황재오
펴낸이 김창희
편집인 전상희
디자인 이정연
펴낸곳 그림원

등록 2020년 4월 16일 제 2020-000049호
주소 서울 특별시 중구 다산로 223, 6층 620호
문의 02-6080-2559
이메일 beenpub@naver.com

ISBN 9791197069468(03800)

값 15,800원